# DEVANEIOS

**Autora** Marizette Sette
**Revisão** Valter Braga
**Digitação de originais** Niquele Fonseca
**Projeto gráfico e diagramação** Caroline Gischewski
**Imagens** Arquivo da autora
**Fotografia** Leonardo Tafuri
**Editores** Alencar Perdigão, Luciana Tanure,
Cláudia Masini, Thásia de Medeiros

CATALOGAÇÃO NA PUBLICAÇÃO (CIP)

S495
Sette, Marizette
Devaneios / Marizette Sette ; fotografias de Leonardo Tafuri.
- Belo Horizonte : Quixote+Do Editoras Associadas, 2019.
160 p.: il. fot. p&b
ISBN 978-85-66256-43-7
1. Poesia brasileira. I. Tafuri, Leonardo. II. Título.
CDD B869.8

Bibliotecária responsável: Fernanda Gomes de Souza CRB-6/2472

**Quixote+Do Editoras Associadas**
**www.quixote-do.com.br**
Rua Fernandes Tourinho, 274
Belo Horizonte, MG, Brasil
Tel: (31) 3227-30-77

# DEVANEIOS

Marizette Sette

EDITORAS ASSOCIADAS

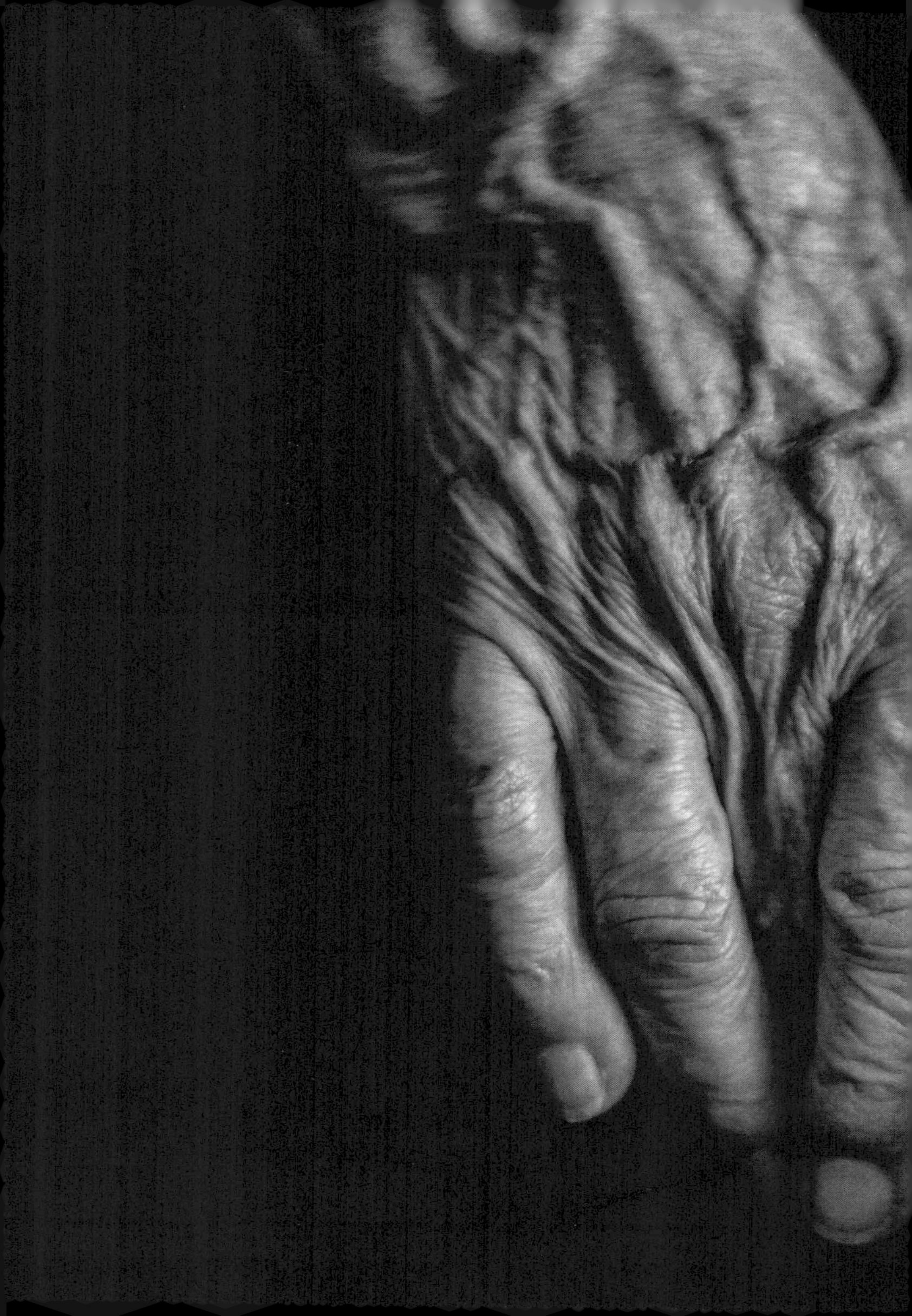

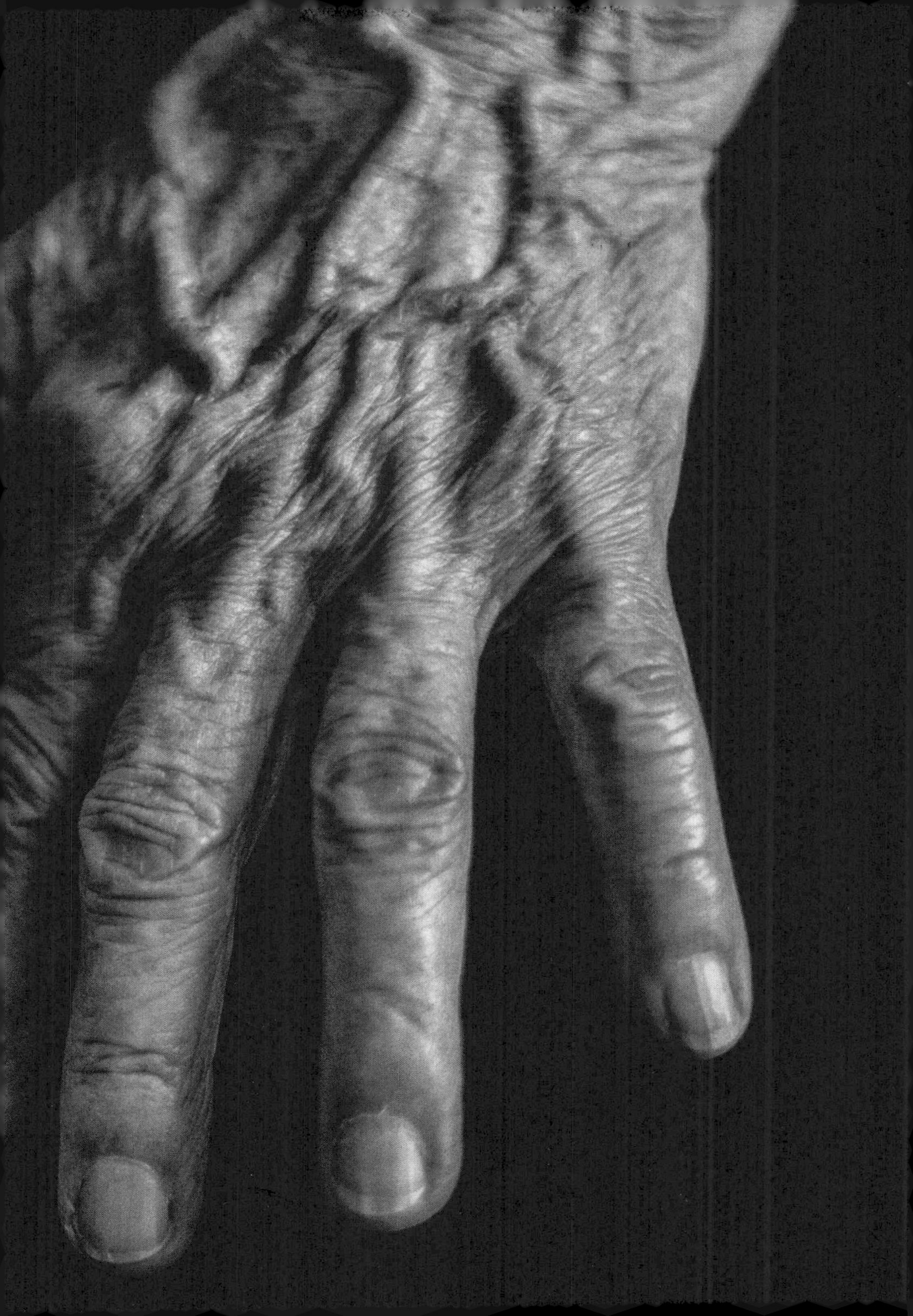

# SUMÁRIO

Um certo adágio diz q
O impossível sempre de
Aquêle que de início d
Não é amor, não é um i

É influência que des
Em frágeis ondas,con
Entusiasmo que termi
Um belo dia quando a

Mas o amor que sint
Pois vem lutando qu
Para alcançar a met

Vai destruindo tod
Que querem, em vão
Pra que consiga se

"o amor leal
nhece;
alece,
l.

rece
ébil nau;
qual
ite desce..."

verdadeiro
bravo guerreiro,
lmejada...

os obstáculos
etê-lo em seus tentáculos,
por ti, amada!...

M. 10

PREFEITURA MUNICIPAL DE CARAÍ

# Amor

Um certo adágio diz que: "o amor leal
É impossível sempre desconhece;
Aquele que, de início, desfalece,
Não é amor, não é um ideal.

É influência que desaparece,
Em frágeis andar, como débil vaim;
Entusiasmo que termina, qual
Um belo dia quando a noite desce...

Mas o amor que sinto é verdadeiro
Pois vem lutando qual bravo guerreiro
Para alcançar a meta almejada.

Vai destruindo todos os obstáculos
Que querem, em vão, detê-lo em seus tentáculos
Pra que consiga ser, por ti, amada!...

16hrs e 30 mts

Manzette

Belo Horizonte 1950

Que querem, em vão, detê-lo em seus tentáculos
Pra que consig...

## Fumaças

Uma noite esquisita, esfumaçada!
Um véu cinzento cai sobre a cidade.
Tudo é tão triste e quieto! Desolada,
Anda vagando ao léu, dona Saudade...

Uma lua esquisita, avermelhada,
Vai caminhando só, de má vontade!
E a noite enorme, fria, enevoada,
Tudo abraça com fera ansiedade.

Eu comparo esta noite à tristeza
Que envolve em negro véu minh'alma aflita,
Alma que guarda, avara, sua riqueza...

Além de uma saudade, ainda abrigo
Uma lua, uma noite assim esquisita,
Uma frase, um adeus, um nome amigo!...

## Nada mais...

Por que alguém no mundo de hoje em dia
Se entregaria de alma e coração
Às emoções etéreas da poesia,
Relendo versos plenos de paixão?

Quem neste tempo hostil, de correria,
Se entreteria a ler, por distração,
Versos que tecem sonhos-fantasia,
Realidade ou mera invenção?

Quem poderá sentir nos simples versos
A pulsação de anseios, os mais diversos,
E se entregar aos sonhos tão reais?

Mas, quem quiser, sem críticas ou medos,
Estão aqui meus poemas, meus segredos...
São ilusões, quimeras, nada mais...

BH, 30/7/2009

## Teus olhos

Que tristeza, meu Deus; oh! Que infinita
Tristeza todo o meu ser invade!
Pra mim seria a morte tão bendita
Como maldita e má é esta saudade...

Sinto um vazio enorme n'alma aflita
Que em vão procura alívio; oh! Deus, quem há de
Ter compaixão de quem assim se agita
A debater-se em negra ansiedade?...

Meus olhos vagos, tristes, suplicantes,
Fitaram os olhos teus por uns instantes,
E, um por um, ruíram os meus abrolhos...

Sinto fremir minh'alma de alegria;
Quero viver, viver pra noite e dia,
Mirar feliz, querido, esses teus olhos!...

## Por que amor?

Por que hei de amar-te assim se não me queres,
Se nem escondes tua indiferença?!...
Por que hei de dar-te afagos se me feres
Com tuas palavras e ironia imensa?!...

Por que hás de ser "meu tudo" se preferes
Ignorar até minha presença?!...
Por que sofrer por ti se outras mulheres
Gozam ao teu lado a minha dor intensa?!...

Por que hei de dar-te afeto, amor, ternura,
Se só me dás, em troca, essa tortura
De partilhar-te com outras mil rivais?!...

Não terá fim, jamais, meu sofrimento
Porque, devendo odiar-te (ó que tormento),
Só posso amar-te, amor, cada vez mais!...

# Transformação

Cantava eu, ontem, o doce encantamento
Que me fez ver o mundo mais bonito:
Era amor puro, amor que num momento
Arrebatou minh'alma ao infinito...

Era um prazer inédito, esquisito,
Ardor e calma; paz e excitamento...
Era, esse amor-ternura, tão bendito
Que só pra ele tinha pensamento...

Hoje, porém, meu peito arfa e se agita,
Uma tristeza imensa me tortura,
Todo o ardor antigo, agora, é gelo!

Jamais minh'alma esteve tão aflita!
E foste tu, que tens minha ternura,
Quem transformou meu sonho em pesadelo!...

## Contrastes...

Linda estação florida, Primavera!
Quadra risonha, clara, inebriante;
Enchendo nossas almas de quimera,
Traz ilusões de um sonho deslumbrante!

A juventude é nossa primavera;
E os vinte e um anos, ponto culminante.
É quando o amor sincero firme impera,
E luta e vence e torna-se triunfante...

Há, entretanto, a triste mocidade,
Sem flores, sonhos, risos, fantasia,
Em que viceja, tímida, a Saudade...

Jovem infeliz que vive sem mais nada
Além do amor que é toda sua alegria,
Sem perceber que nunca foi amada!...

## No teu jazigo

A grande dor que guardo aqui comigo,
Hoje, a teus pés, eu quero confessar.
Teu coração, mamãe, que é tão amigo,
Tenho certeza, irá me consolar...

Enquanto as flores sobre o teu jazigo
Eu vou depondo, deixa eu te contar:
– Desde que tu morreste, um só abrigo,
Uma afeição não tive, e o lugar

Que tu deixaste vago em meu peito
Por outro alguém foi, desde logo, aceito:
Foi preenchido por dona Saudade...

Tem, oh! Mamãe, piedade da filhinha,
Que neste mundo vive tão sozinha
E vem buscá-la para a Eternidade!...

## Nós!...

Parti! Nos olhos meus, porém, ficaste
Brilhando em minhas lágrimas saudosas!...
Tu me sorriste e triste me fitaste,
Como a lembrar as horas deliciosas

Por que passei e tu também passaste!
Horas risonhas, calmas, descuidosas,
De um mundo alegre e bom que tu criaste
Com teu afeto e frases carinhosas!...

Parti! Mas vibra, ainda, em meu ouvido
A tua voz que escuto embevecida
E em pensamento trago-te comigo!...

Tão longe estamos!... Liga-nos, entanto,
A mim, tua voz lembrada e tão querida,
A ti, meus olhos úmidos de pranto!...

## Loucura

Noite sem par, de estrelas cintilantes;
Céu de veludo; lua incomparável.
Vago agitar de folhas cambiantes,
Flores, perfumes, música inefável;

Belo cenário; cores deslumbrantes!...
Tudo isso vi na noite memorável
Em que teus lábios quentes, ofegantes,
Tocaram os meus, num beijo inolvidável!

Viva emoção provou-me, firmemente,
Não ser um sonho, mas, exteriormente,
Fingi magoar-me o teu gesto atrevido.

Se foi loucura havê-lo provocado,
Muito maior foi tê-lo conquistado,
Sem, entretanto, ter correspondido!...

## Tua voz

Há quanto tempo tua voz não ouvia!...
Essa voz doce, terna, carinhosa,
Que, com calor, falou-me, certo dia,
Fazendo-me, do mundo, a mais ditosa...

Quedei-me ali ouvindo-a e ficaria
Toda uma vida assim... Mas, caprichosa,
A sorte má roubou-me esta alegria,
Esta riqueza, a mim, tão preciosa.

Tu foste embora... só tu me deixaste,
Riste da dor cruel que em mim causaste;
Sem um adeus te foste... repelida

Sofreu minh'alma, só, desconsolada,
Mas hoje após ouvir-te, emocionada,
Esqueço a dor e lembro a voz querida...

## Minha mãe

Minha mãe era tão simples, sem vaidade,
Sem ambições de glórias ou grandezas.
E me ensinava: – Busca só a verdade
E terás encontrado sua riqueza.

Minha mãe era boa, e a bondade
O emblema foi de sua realeza.
Com ela eu aprendi que na maldade
Somente achamos dores e tristezas.

Minha mãe era meiga, e na doçura
De sua voz, de seu olhar amado,
Encontrei e gozei toda ventura!

Minha mãe era linda, bela!... E quanta
Vez, fitando seu vulto ajoelhado,
Supunha ver a imagem de uma santa!...

## Reticência

Sempre fazia versos escondida,
Pra que ninguém os visse e adivinhasse
Que estava ali minh'alma refletida,
Ou que, os lendo, alguém deles zombasse.

Porém, um dia, estando eu distraída,
Você os viu e, sem que eu o notasse,
Leu um por um, abrindo da minha vida
Todas as portas, antes que eu as fechasse...

Sorrindo, então, em termos variados,
Você falou que achara até sublime,
Os "Três Pontinhos" sempre encontrados...

Eis o motivo: Por experiência,
Sei que a palavra, às vezes, não exprime
O que se esconde numa ...

## No Mar Negro

A minha vida, triste e tão sombria,
A um negro mar compara-se e, somente,
A luz débil, mortiça e fugidia
De uma esperança brilha, inutilmente!...

Vivo a esperar que chegue, enfim, o dia
Em que me queiras, mas, infelizmente,
Vejo essa nau, tão frágil, da alegria
Imergir em um mar negro e fremente.

... Naquela noite linda, enluarada,
Quando em teus braços vi-me enleada
A dançar esse tango, que alegria!...

E, ao findar do "Mar Negro" os sons finais,
Percebi que aumentaram mais e mais
Teu descaso e o amor que eu sentia...

## Êxtase

Oh! Se possível fora que eu falasse
Do quanto és pra mim; quanto te quero!
Talvez, assim, o peso aliviasse
Do grande amor que neste peito gero...

Oh! Se a palavra nunca me faltasse
E se dizer pudesse o que benquero,
Teu coração, talvez, eu alcançasse,
Ao revelar que quase te venero...

Se tudo o que eu medito a sós comigo,
Toda palavra doce, carinhosa,
Eu a dissesse quando estou contigo...

Mas quando chegas, meigo e que te fito,
De tudo olvido; e, quieta, silenciosa,
Minh'alma vai da terra ao infinito!

## A flor que ficou

Desejei ter nas mãos, um certo dia,
A flor azul que és tu, felicidade.
Vieste, sim, com toda tua magia,
Mas foste embora logo, por maldade.

Quis ter, então, a minha fantasia
Do amor, a flor dourada, e, com vaidade,
Mostrou-a a todos, rindo de alegria...
Ela também se foi... Fatalidade.

Mas, sendo forte, quis, da esperança,
A verde flor guardar, avaramente,
Como ao brinquedo guarda uma criança.

E ao julgar que nada me restava,
Uma outra flor surgiu, timidamente:
Era a saudade amiga que chegava!...

## Escrava e rainha

O céu azul me deixa assim tão triste,
Pensando em ti ao ver-me aqui sozinha.
É a saudade que chega... Ela existe?
Existe, sim, e sinto-a toda minha!

É uma saudade amarga que persiste
A maltratar minh'alma e que se aninha
Num coração sem fé e sempre triste
De uma escrava que, um dia, foi rainha...

Foi rainha somente por um dia,
Reinou num coração que a queria,
Teve tudo o que quis: rei e reinado...

Sonho fugaz!... Fora ela enganada
E de rainha viu-se transformada
Em escrava de um amor tão desgraçado!...

## Festa junina

As bandeirinhas leves esvoaçam,
Qual lantejoulas, sob o céu prateado!
Papéis de cor que amigos se entrelaçam,
Tornando o pátio um reino encantado...

Brinca o luar, alegre; as horas passam.
Ouvem-se cantos, risos e ao lado
Crepita o fogo; os pares se enlaçam
Para dançar "Baião" ou o "Xaxado".

É mês de junho, e a lua é deslumbrante!...
Trocam os casais promessas, doces juras;
E o Amor nasce, cresce a cada instante!...

Também senti nascer o Amor que inflama!
Meu coração lhe dei, com mil ternuras,
Mesmo ao saber, a mim, você não ama...

## 22 de junho

Lincoln Sette Câmara
★ 22/6/1900
† 15/12/1966

Junho! O mês passou rápido, veloz,
com dias frios, céu sempre azulado;
pássaros cantando numa só voz,
como se fora um mundo encantado!

Os minutos se arrastam, horas após
horas de um dia a ser comemorado
e que não foi, porque o destino atroz
não permitiu, meu pai, ter-te ao meu lado.

Embora estejas tanto tempo ausente,
ouço teu riso e a voz meiga, sonora,
contar histórias reais de nossa gente.

Mas hoje um sonho realizar quisera:
– Dar-te um abraço longo, como outrora
de parabéns, papai – mas é quimera...

*Com todo o meu amor,*
Marizette

B. Hte, 22/6/2016

## Verdade amarga

Esse vazio atroz que me tortura
E a angustiante dor que me devora;
Essa tristeza que me punge agora,
Essa ansiedade acerba, essa amargura;

Esse esperar inútil e essa agrura,
Essa incerteza cruel que me apavora;
Esse agitar febril de quem não chora;
Essa agonia, essa desventura;

Essa inquietude e esse alheamento,
Essa saudade vaga, esse tormento,
E um coração que sofre e que reclama!...

Por que tudo isto?... Pura e simplesmente,
Por perceber tão tarde, infelizmente,
Que estou amando a quem já não me ama!...

# C§O§N§F§I§S§S§Ã§O

Gosto de ti. Que importa que
Que em ti não há beleza ou
Amo teus olhos claros que
Como dois claros astros f

Gosto de ti. Se outros não a
Nada farei que os torne com
Amo tuas mãos, teus lábios
Anseios loucos, ternos, e

Gosto de ti e sonho com o di
Em que a todos, rindo de al
Possa eu contar o amor que

Gosto de ti e mais hei de ad
Quando assinarmos"algo", em
Que una ao meu, pra sempre

## Confissão

Gosto de ti. Que importa que repitam
Que em ti não há beleza ou atrativos.
Amo teus olhos claros que me fitam
Como dois claros astros fugitivos...

Gosto de ti. Se outros não acreditam,
Nada farei que os torne compreensivos.
Amo tuas mãos, teus lábios que suscitam
Anseios loucos, ternos, emotivos...

Gosto de ti e sonho com o dia
Em que a todos, rindo de alegria,
Possa eu contar o amor que me consome...

Gosto de ti e mais, hei de adorar-te,
Quando assinarmos "algo", em qualquer parte,
Que una ao meu, pra sempre, o teu nome!...

## Mentiras...

É grande a dor que sinto ao recordar
Que tudo o que sonhei foi só mentira...
Desejei ter alguém, sorrir, amar,
Sentindo n'alma o que antes não sentira.

Chegou o amor, com ele, a dor de amar.
Em ânsias mil, minh'alma então delira.
Amei, sofri, chorei e, ao terminar
O sonho, a solidão negra me abrira,

Afetuosamente, as negras asas...
Ao redor só tristeza e nostalgia...
No coração ferido, sobre brasas,

Agonizava o amor... Felicidade,
És ilusão... Se tanto eu te queria,
Por que mandaste, então, esta Saudade?...

## Olhos castanhos

Já fitei tantos olhos, entretanto,
Olhos assim tão lindos nunca vi!
Olhos castanhos, és meu doce encanto,
És a razão de tudo que senti!...

Olhos castanhos, causa de meu pranto,
Por supremo senhor eu te elegi...
Mas, apesar de amar-te tanto e tanto,
Só desprezo de ti eu recebi...

Mas não faz mal; o meu amor é forte,
E há de durar até após a morte,
Porque não é possível olvidar-te...

Não me queixo também desta frieza,
Porque na vida, além desta tristeza,
Tenho um prazer que é o de adorar-te!...

## Exaltação

Escola! Casa alegre e abençoada,
Onde se encontra a fonte do saber,
Em cujas águas sempre é saciada
A nossa eterna sede de aprender.

Ao nosso lar também é comparada,
Que ali vivemos horas de prazer;
Se é a escola a mãe idolatrada,
O professor é o pai, no seu dever.

Qual filhos gratos vimos, neste dia,
Com o coração vibrando de alegria,
Em alta voz dizer do nosso amor.

De nossa Escola o nome exaltaremos.
Aos nossos caros mestres nós diremos:
"Sois nossa Luz e Guia, professor!..."

## Tudo e nada

Ter tudo o que este mundo ilusioneiro
Já concedeu àquele que implora.
Mas não ter nada, qual um caminheiro
Que triste anda só, por mundo afora...

Ter tudo em nossas mãos, mesmo o dinheiro
Que a todas portas abre a qualquer hora.
Mas não ter nada, enfim, de verdadeiro,
Viver chorando a dor que nos devora...

Ter tudo: casa, roupas e comida
E tudo aquilo que nos prende à vida.
Dirão, talvez: "É ter-se muita sorte..."

Não tendo o amor de quem adoro tanto,
É como rir, guardando n'alma o pranto,
É como ter, em vida, a própria morte!...

## Aurora da vida

Da vida quinze anos é a aurora,
o sol que encanta todo amanhecer.
E cada mês, ou dia e cada hora,
a vida é luz de sol e de prazer.

E quantos sóis passaram tempo afora
que são lembrados como o renascer
de sonhos, de esperanças que agora,
tem-se a certeza, vão acontecer.

O mundo é o paraíso almejado
que se vê através de uma janela,
tão colorido, alegre, encantado!...

Mas hoje é o seu dia. A noite é bela.
E cantaremos, todos, a seu lado,
Feliz aniversário, Gabriella!...

*Com meu abraço,*
Vovó Marizette

BH, 2/7/2018

AURORA da VIDA
++++++++---------

quinze anos é a aurora,
ue encanta todo amanhecer.
nês, ou dia e cada hora,
luz de sol e de prazer.

os sóis passaram tempo afora
lembrados como o renascer
os, de esperanças que agora
a certeza, vão acontecer.

é o paraíso almejado
vê através de uma janela,
orido, alegre, encantado!...

oje é o seu DIA.
~~tamos hoje~~. A noite é bela.
remos, todos, a seu lado,
niversário GABRIELLA! ...

## Um nome

A lua chora lágrimas de prata
Enchendo de tristeza a alma da gente!
Quem tem no coração uma dor ingrata,
Vendo a lua, suspira tristemente...

A meditar a fito. Uma sonata
Um violino geme em tom plangente!
E a brisa leve e mansa me maltrata
Segredando-me um nome, de repente...

Estremeço. Por que? Frio? Emoção?...
Dizer não sei... Será fascinação
Causada pela lua em seu degredo?...

Meu coração protesta e a soluçar
Repete, apaixonado, sem cessar,
O teu nome, que é o meu maior segredo!...

## Coração triste

Eu pensava que a vida era um sonho,
Um sonho cor-de-rosa, deslumbrante...
Mas tudo me parece tão tristonho
Que desejo morrer a cada instante!

Em toda parte há um ar risonho,
E o riso faz o mundo fascinante!
Desejo rir, mas rir é tão medonho
Quando se sofre dor assim cruciante!

"Meu coração, por que tu estás triste?
Tiveste amor e tens a mocidade...
Se algo te falta, nunca me pediste..."

Já supliquei, chorei, tu não me ouviste.
Oh! Leva-me depressa esta saudade,
Porque a saudade é a dor maior que existe!

## Revelação

Guardei meus sonhos todos bem guardados,
como o avarento guarda sua riqueza.
Poemas soltos, versos mutilados
que traduziam o riso ou a tristeza.

Sonhares vagos, loucos, ansiados,
quimeras, fantasia, incerteza...
Amores reais ou só imaginados,
palavras, rimas, dúvida... certeza...

Mas, um dia, não mais que de repente,
você surgiu, sorrindo, à minha frente,
e, pouco a pouco, dei-me a conhecer.

E, outra vez, os versos escondidos
se revelaram aos olhos e ouvidos
de alguém que os sabe ler e entender...

B. Hte, 10/0/2007

## Prece

Oh! Verdes águas, mar belo, inconstante,
que o vento encrespa e ao sol brilha, reluz,
traz pra minh'alma a tua paz imensa,
para meus olhos, traz tua cor, tua luz!

Leva meus sonhos todos em tuas ondas,
ouve meu canto mudo, emocionado.
Acalma a ânsia, a dor cruel, intensa,
que enche meu peito triste, ensimesmado...

Oh! Se puderes, mar inescrutável,
devolve a mim os sonhos que levares
transmudados em suave realidade.

Como num passe puro de magia,
transforma em riso a lágrima sentida,
em esperança, a dor desta saudade...

Praia de Cumbuco, Ceará, 13/10/2004

## Emoções contrárias

Quisera dar a forma de um soneto,
às emoções contrárias que me envolvem:
ora uma angústia atroz, que me aniquila,
ora um cantar festivo que me enleia.

Mas não me sai siquer um poemeto,
pois que as palavras vêm e logo fogem.
E continuo assim, ora tranquila,
ora clamando a dor que me incendeia.

Se estou contigo, a tarde ri e canta,
e um sino alegre soa em minha garganta
reproduzindo em sons, meu sentimento...

Se tu não vens, a noite me apavora ,
uma ansiedade imensa me devora,
porque, sem ti, a vida é um tormento!..

22-7-68

Marizete

## Desconsolo

Há quanto tempo os olhos teus não vejo,
nem minha mão na tua, escondida.
Minh'alma sofre e chora, entristecida,
com tua ausência, que esquecer almejo.

Há quanto tempo os lábios teus não beijo,
nem tua voz escuto, embevecida...
Procuro, em vão, tua sombra esmaecida,
Sabendo, embora, inútil este desejo.

Os dias passam; a vida segue em frente;
parece igual, mas é tão diferente
depois que foste, amor, sem um adeus.

Desconsolada, quedo-me num canto,
sem conseguir conter o amargo pranto,
porque não mais virás aos braços meus...

26/8/2003

## Eterno amor

Amor, amarga amargura,
triste tristeza de um triste.
Dor que, dorida, persiste
no coração, sem ter cura.

Mas há o amor que é ternura,
paixão que a tudo resiste,
sonho que a vida insiste
ser real enquanto dura.

Se é sonho ou realidade
o amor que nos faz sofrer,
só o tempo, na verdade,

nos fará compreender
que enquanto houver saudade
nunca o amor irá morrer...

BH, 18/2/2018

## Presunção

Quando eu morrer, no dia em que esta vida
chegar ao fim, pois todos têm sua hora,
pode ser breve, pode ter demora,
mas chegará, enfim, a vez temida.

Quando esta voz calar, emudecida
porque cessou a vida que há agora,
dirão, talvez, que cedo fui embora,
mesmo que esteja velha, encanecida.

Não me lastimem ou chorem minha morte.
Dois filhos tive – um sonho realizado –,
são minha luz, meu prumo, meu suporte.

Plantei, colhi os frutos que hei plantado.
Amei e fui amada e almejo a sorte
de, com amor, meu nome ser lembrado...

21/4/2010

## Isolação

Em meio a tanta gente estou sozinha,
sozinha como estou em todo canto.
Escuto tantas vozes – não a minha –
no palrear que vibra no recanto.

É tanta a solidão que se aninha
no peito meu, que até me causa espanto,
porque em torno há vida e, entretanto,
há um deserto em mim que me definha!

É tudo uma mentira, uma quimera.
É mito a realidade... Eu quisera
que fosse um belo sonho, um lindo verso!...

Mas condenada sou a esta masmorra,
fingindo estar vivendo, até que morra
e possa, enfim, ser parte do universo!...

## Sonhos roubados

Ser poetisa é sonho ao qual me aferro
desde cedo e não pude realizar,
pois guardei num baú, com mão de ferro,
todos meus versos. Lá irão ficar.

Abro o baú, mas antes os olhos cerro,
querendo ver, com medo de enxergar.
Por que temer, se é nele que encerro
o que vivi ou o que pude sonhar?

São meros versos, sim, sem novidades,
recordações de tempos inventados...
Quem sabe um dia foram realidade?

Por que temer, por que tantos cuidados,
se sei que está vazio?... Na verdade
é o baú dos sonhos meus roubados...

B. Hte, 3/5/2013

## Metamorfose

Contemplo em torno e vejo que mudanças
o tempo fez em sua trajetória:
a rua, as casas, muros, são lembranças
de bons e maus momentos; são história

que cada dia conta, das mudanças
pelos caminhos gastos da memória,
que faz voltar os tempos de crianças
e esquecer, do adulto, a fase inglória.

Sombras de sonhos irrealizados,
pedaços de uma vida que não mais
terá, no tempo, os dias retornados.

No espelho, a imagem surge em tons reais:
– Cabelos brancos, olhos arrugados
lembram o que fui e não serei jamais...

B. Hte, 26/8/2014

## Incrédulo

Sei que não crês, mas sei que sentes
Que é todo teu o meu amor.
Pois, se não crês, por que tu mentes
Que em mim confias com fervor?

Amei-te desde a vez primeira
Que te encontrei... e mesmo assim
Não crês que é tua a alma inteira
Que eu te dei... não crês em mim!...

Conhecerás, porém, mais tarde,
Que desprezaste um grande amor...
Podes voltar, que a chama que arde
Não perderá o seu calor...

*

# M e u   C a s t i g o

Quisera ter-te agora aquí comigo,
Poder falar-te franca e claramente;
Abrir-te o cofre oculto de minh'alma,
Mostrar-te a minha única riqueza!...

Dizer-te tudo acêrca da incerteza
Que me roubou o sono, a paz, a calma!
Pra que sentisses bem profundamente
Tudo o que sinto quando estou contigo!...

Estás tão longe!... A noite enluarada
Põe dentro em mim a ânsia de um carinho
Que em vão procuro em tôrno e não consigo...

Se aquí estivesses, terna, emocionada,
Dir-te-ia tudo, tudo, bem baixinho...
Mas estou só e êste é o meu castigo!...

Marizette

Vira esta fôlha. Vê
 Que aí estou, alti
 Olhando o mundo, a
Com olhar sereno, a

Fita-me assim, suav
 Com êste olhar que
 Talvez verás rolar
Uma pequena lágrima

Escutarás minha voz
Quanto te quís e qu
 E quanto fôste mau

 Mas não te assuste
E sumirá a visão qu
Porque isto é, sòme

- Sou eu, realmente,
silenciosa,
da, bem de frente,
ca esperançosa!...

ternamente,
me fêz ditosa!
îmidamente,
udosa!...

zer baixinho
, com carinho,
ruel, ingrato...

basta um gesto atoa
e atordoa,
, o meu retrato!...

Teus braços me envolvem...
Luz intensa brilha e me ofusc
a irradiação prateada de seus
Uma onda de ternura crece
dentro de mim e se rebenta
em mil estrêlas de delírio!..
Cavalgo a onda esmeraldina
que me arrebata ao verde mar
em êxtase quase divino!
Meus longos cabelos esverdead
acariciam teu rosto
transfigurado de emoção.
Nossos corpos feitos de essên
dissolvem-se na espiritualiza
de nosso momento supremo de a
Junto de nós, em tôda sua bel
braços abertos ofertando rosa
Yemanjá recebe num sorriso
a nossa mais sublime doação!.

## Amanhecer

Quero encher meus olhos
da luz desta manhã,
inundar minh'alma
do sol que vai nascer.
Guardar na lembrança
o quadro singular
do astro-rei surgindo
no horizonte, lentamente,
sobre o mar.

Quero viver o sonho
fugaz deste momento
que se faz eterno
em cada alvorecer.
Noite que se faz dia,
treva desfeita em luz.
Oh! Quanta magia
que me seduz!...

Paquetá, 1º/1/1982

## Noite

É noite. Mas em nós brilha outra luz
que a luz do sol não pode ofuscar.
Que importa que escureça, se eu pus
o brilho da ternura em meu olhar?
Se em teus olhos, brilhantes de emoção,
há reflexos dourados de ilusão?

É noite. Entre as pessoas estamos sós.
Promessas; divagamos a sonhar...
Os olhos teus se prendem aos meus, e nós
mudos ficamos, presos nesse olhar...
Depois, tua mão colocas em minha mão,
aprisionando, assim, meu coração!

É noite ainda, entanto a luz nasceu
dentro de nós e a tudo deu sua cor!
Tudo parou... no mundo, só tu e eu
e as vibrações intensas deste amor!
Que nos importa exista escuridão,
se nos clareia a luz desta afeição?

É noite ainda. Agora deves ir,
que as horas passam sem tu perceberes.
Eu fico e vou contigo, a sentir
que vais e aqui ficas, sem saberes!
Será que isso é separação
ou será nova forma de união?...

25/9/1967

## Divagando

Tento falar, mas as palavras
fogem levadas pela brisa amena.
O pensamento flutua
entre o tudo e o nada,
o céu e a terra,
a vida e a morte,
o real e a ilusão...

Quisera viver os sonhos
e acordar entre as estrelas;
ser nuvem vagando,
suavemente, no céu azul;
ser a brisa que passa
ligeira, silenciosa;
correr sem pressa
e chegar às montanhas!...

Depois, subir aos céus
e transportar-me ao infinito,
lá, onde o sol nunca se põe
e o vento sopra com carinho;
onde os astros são brinquedos
que encantam e fascinam;
onde a vida é fantasia
e o sonho, realidade...

Felicidade...
Será viver no meio das estrelas?...

## Nada

Dia vazio. Oco.
Horas que não contam
passam...
Minutos que voam, sem asas.
Pensamentos fugitivos
buscando os sonhos.
Sombras, brumas, vultos
Indefinidos...

Passado e presente
tornaram-se um só;
confundem-se
num mesmo dia
sem luz, sem cor,
sem som...

E seguem-se outros dias,
somando-se aos meses
que formam os anos
de toda uma vida
que se resume
em uma palavra:
Nada...

B. Hte, 14/3/2012

## Sonhos

Melodia encantadora me arrebata
as regiões diáfanas do sonho...
Meu coração se agita a palpitar
descompassadamente...
Tomo teu nome nos lábios
e caminho entre as nuvens...

A noite abre os longos braços
acolhendo-nos em seu seio,
e caminhamos de mãos dadas, por aí,
rindo nos olhos um do outro!
Nossos pés pisam tapetes estrelados,
que são retalhos de sonhos...

Horas irreais de amor vivemos,
enquanto a noite nos abriga,
carinhosamente...
Paz, ternura, fantasia...
Flores que cantam só para nós dois!
... Deslumbramento!...

4/9/1967

e seguem, paralelos,
em busca do ponto de união...

Seremos nós duas linhas
que devem seguir
sempre lado a lado,
sem jamais se encontrarem?

Se para as linhas paralelas
há um ponto no infinito
em que elas deverão unir-se,
também, para nós,
há um dia, no futuro,
que marcará a nossa união.
E as linhas que eram paralelas
prosseguirão transformadas
numa única linha reta, intermináv

DAG 43 INFORMAÇÃO OU DESPACHO

Marizete

## Dia de chuva

Chuva; céu que chora,
ensombrecido e triste!
As lágrimas frias
caem, mansamente,
sobre a terra estática!

As árvores gotejam contas
brilhantes, transparentes,
que o chão recebe
e logo guarda em seu cofre
escuro e profundo!

O verde das folhas
grita contra o céu enevoado;
a água empoçada na rua
tem reflexos melancólicos.
A natureza chora
porque está só.

A chuva são minhas lágrimas;
o céu cinzento, minha alma aflita;
a poça d'água, meus olhos
chorando reflexos
da solidão que me oprime!...

## Só

Caminho passos alados
Deixando-me levar pela fantasia...
...Palmeiras esguias, banhadas de luz,
têm reflexos prateados de luar!
A brisa mansa embala as folhas
suavemente e a música da noite
se ergue do solo e canta na fonte!

Risos, alegrias, encantamento!
As horas passam tão rápidas,
que quase se escuta o ruído de seus passos!
Minutos que se multiplicam por dois,
porque somos dois vivendo-os,
Intensamente!

Noite; emoções, ternura envolvente!
Carinhos, sonhos quase reais
de realidades sonhadas a medo...
Entre o céu e a terra, flutuo em teus braços,
enquanto os olhos das estrelas piscam
incessantemente! ...

Adormeci nos braços da fantasia
e andei caminhos ignotos
guiada pela luz irradiante de teu olhar...
Por que despertei dentro da noite
irremediavelmente só?...

27/9/1967

## Alucinação

Madrugada...
Acordo, de repente,
Como se alguém me chamasse,
De mansinho!
Há uma esperança invisível
Oculta nas sombras
Que me transmite
Vibrações intensas...

Meus olhos perscrutam
A penumbra do quarto
E nada veem...
Somente o manto prateado
Da lua me cobre
E eu me vejo
Vestida de luar!

Chego à janela;
Cenário de sonho e encantamento
Me arrebata e deslumbra!
Alucinada,
Vejo-me percorrendo
Os caminhos da noite,
Flutuando no espaço,
Pisando estrelas,
Em busca de alguém
Que veio me acordar:
Tu!...

18/10/1967

## Solidão

O tempo se esvai,
sem pressa, sem marcas,
só um rastro deixando
de sonhos, no chão.
São dias perdidos,
são horas vazias
que vão sem destino
em busca do nada...

É a vida que passa
tão mansa, às vezes,
ou densa demais.
Quando menos se espera,
os anos passaram
com dias ligeiros
e minutos bem longos,
tão cheios de nada,
vazios e repletos
de sonhos desfeitos
e uma só realidade:
– solidão...

B. Hte, 22/10/2013

# MAIORIDADE

Quisera, hoje, lembrar
as palavras mais bonitas
que pudessem traduzir
meus mais íntimos desejos.

Com elas eu poderia
dizer, com muita emoção,
tudo o que mais desejo
para o meu NETO querido,
neste dia em que completa
Vinte e um anos que nasceu.

É um dia muito alegre,
que lembra os anos passados
e aquele garotinho
que vinha rindo, correndo,
para abraçar a Vovó,
com muito amor e carinho!

Que os anos que estão por vir
tragam a realização
de seus desejos mais sonhados.
Que a alegria constante
seja sua companheira
por anos, anos e anos
de paz e amor sem fim...

É o que lhe deseja, de coração
Sua VOVÓ Marizette

## “Menina”

Tu me chamas “menina” e não te enganas,
Porque ainda tenho muita coisa de criança:
Gosto de rir, nas tarde cheias de sol,
De sentir o vento desmanchando-me os cabelos,
De olhar as nuvens refletidas na água
Barrenta do rio que corre sem cessar!...

Gosto de ver o sol dividir-se em mil cores
Quando ainda é tarde e já é anoitecer!
Gosto de ver as estrelas tremeluzindo,
De olhar a lua arrastando no céu infindo
Sua veste prateada e fascinante!...

Gosto de passear tranquila, de mãos dadas
Com alguém que me leve, emocionada,
Ao mundo dos sonhos e da fantasia!
Gosto de rir, cantar, de correr pelos campos
E trepar, alegremente, nas árvores amigas!
Gosto de andar pelos trilhos da estrada
Sem pensar aonde vou e se tenho de voltar!...

Gosto de fitar dois olhos firmes e sinceros
Que não se esquivam dos meus e me afirmam
Que ainda existe sentimento e amor-ternura.
Por ser menina, aceito e compreendo
Que, me querendo intensamente como queres,
Possas beijar-me, suavemente, sem desejos...

20/10/1967

## Símbolo

Tarde nevoenta, sol medroso
Olhando através das frestas das nuvens.
Ar ameno, brisa suave
Pressagiando chuva!
Verde nas árvores, no capim
De hastes esguias e brancas
Atapetando o campo!

Estrada avermelhada, sinuosa,
Contornando montanhas pedregosas;
Passos que cantam no cascalho
Ressoando na tarde solitária;
Olhos que se olham, mãos que se prendem,
Beijos carinhosos
Traduzindo amor!

De novo, o rio barrento
Docemente molhando a terra,
Refletindo o céu que escurece!
Caminho tantas vezes percorrido
E sempre surpreendente!
Árvores que se confundem
Num amplexo interminável
De doação suprema!
Símbolo do Amor que se dá,
Totalmente, sem nada pedir,
Nem mesmo a própria vida!...

4/11/1967

## Vento

Enorme silêncio envolve a tarde.
Somente o vento canta
Sua canção sussurrante!

Lá no alto, a cidade se transforma
Na magia do anoitecer.
A voz do vento embala
E conduz a mundos ignotos...

Sonhos apenas delineados
No claro-escuro do poente
Onde, unidas, negras nuvens
Prenunciam chuva!

Luzes piscando, ao longe,
Demarcando o contorno das ruas...

Ausente do momento que passa,
Deixo-me levar pela irrealidade
E cavalgo os corcéis ligeiros das nuvens,
Demandando lugares imaginários!

Lá, onde o Amor é espontâneo e canta
Como o vento livre das montanhas!...

9/11/1967

## Contraste

Chove. O ruído contínuo da chuva
enche o silêncio das coisas.
Através das vidraças cerradas,
um tênue véu acinzentado
escorre seus incontáveis fios
ligando o céu à terra!

Chove. O véu de chuva toca o solo,
corre no asfalto escuro,
buscando esconder-se na enxurrada.
O trovão ressoa, enrouquecido;
a luz do relâmpago brinca
riscando o espaço com seu clarão!

Chove. Ecoam as sirenes, longamente,
lembrando tristezas:
casebres que caem, ruas alagadas,
vidas transtornadas pela tragédia...
Chove lá fora; chove, dentro em mim,
chuva de lágrimas não choradas!...

Chove. Mas no céu calmo do meu rosto
brilham, qual relâmpagos, meus olhos,
e meu riso ecoa tranquilo,
respondendo ao trovão assustador!
Contraste: há sol de alegria em minha face
e chuva de dor em minha alma!...

14/11/1967

## Livre

Aqui no alto
eu me sinto livre!
sou leve como uma pluma
e posso voar
nas asas do vento!
nada me prende;
sou livre,
como os pássaros
e as flores;
como a brisa fresca
que me acaricia!
Não há cadeias
que me acorrentem;
posso correr e rir,
cantar e dançar,
sem que ninguém
possa me impedir
ou me censurar!

Sou livre; livre
como a chuva
que cai levemente
e a nuvem
que passa a meus pés!
Sou livre
e o mundo é meu,
porque posso amar
e estás comigo!
Sou livre;
caminho contigo
e posso mirar
teus olhos, sem receio,
sinceramente;
posso prender minha mão
na tua mão
e beijar-te
ternamente!

Aqui no alto
eu me sinto livre;
posso gritar
ao vento que passa
que eu te amo,
que eu te quero,
só pra mim!...
Sou livre, Amor,
Mas, também aqui, estou,
Irremediavelmente,
presa a ti!...

25/11/1967

le era de sol;
ois partimos para aventura
 dia de poucas horas,
os vividos intensamente
se multiplicarem
ras de ventura!

no-nos em nosso recanto
 duas pombas receiosas
nsensatos as venham maguar.
sperado nos surpreende
nteando-nos com a noite
orada à nossa frente qual tapete
caminharmos suavemente.

olhos brilhantes se refletem
eus olhos cheios de luz
osso riso se renova a cada instar
a água, sempre nova, da cascata,
orre livre e pura sôbre as pedras

seamos de mãos dadas, aspirando
fume noturno da terra,
ciante, embriagador.
 de sonho, de ilusão, quem sabe,
ecemos ambos no regaço
dado da quimera?

## Prece de Natal

Senhor, ensina-nos tua lição!
Nossos espíritos inquietos
não se deixaram envolver
pela mensagem mística do Natal!
Guardamos em nosso íntimo
revoltas, ressentimentos, insatisfações...
Livra-nos da mesquinhez
de nossos sentimentos
e eleva-nos à altura de teu estábulo!

Tu nos ensinaste, com teu Natal,
a humildade, a paciência, a concórdia,
e nós te retribuímos, reclamando,
enquanto comparamos o que temos
com o que possui nosso vizinho!
Senhor, a humanidade se esqueceu
da mais sublime lição que nos deste
habitando entre nós: o Amor!

Todas as coisas são belas, Senhor!
O mundo é maravilhoso e alegre,
mas nós não temos olhos para ver!
Somos insensíveis à beleza
porque trazemos os corações fechados,
vazios, envoltos em inquietudes!

Tu desceste de teu trono eterno,
escolhendo para teu primeiro abrigo
a manjedoura simples de uma gruta!
Teu pequeno berço improvisado
refulgiu em luminosidades
que outros berços de ouro
jamais possuíram.
E houve luz e paz,
cantos de alegria,
porque Tu, ó Senhor do Universo,
habitavas a Terra pequenina!

Senhor!, faze de nossos lares
outra gruta de Belém;
de nossos corações,
faze o teu berço refulgente
e vive, outra vez, entre nós!

Senhor!, faze-nos sentir
necessidade uns dos outros;
transmite-nos o dom da verdadeira amizade;
abre nossos corações com tua presença
para que eles possam abrigar
a concórdia, a humildade e o amor!

Natal de 1967

sou gota de água perdida
no oceano imenso;
pequena, insignificant
invisível,
relegada ao anonimat
desnecessária...

Quem atenta para uma
gota de água que rola
na crista das ondas,
que some nas areias das p
se esconde nas profundez
do mar?...

Sou gota de água nas onda
do mar da vida;
deixo-me levar, sem rum
sem forças para nadar,
aos poucos submergindo
nas [illegible]

## Maio

A cidade vestida de bruma
esmaece em cinza dentro da manhã;
o céu azul, tocado de sol,
descamba em brilho cinzento
no horizonte de montanhas!
É maio, mês de sonho e poesia!
Há um místico de fé na brisa leve
e cânticos celestes pelos ares;
vibrações de amor crescendo para o alto,
aquecendo o coração das gentes.
Sorrisos cândidos de crianças
envoltas em brancas vestes,
anjos terrenos de asas abertas,
prontas para o voo ao infinito!...

Na suavidade da manhã azul e cinza,
abro minha alma ao sol da esperança,
solfejando canções melodiosas,
plenas da harmonia do amor!
E a bruma se eleva e se desfaz,
transformada em pérolas líquidas,
gotejando de meus olhos
lágrimas puras de emotividade!...

Asas sentimentais do pensamento
voejando num céu de ilusões...

28/5/1968

## Impossibilidade

Neste momento, eu gostaria
de caminhar contigo:
estradas sinuosas,
montanhas e rios, sol, flores, céu azul;
e nossas mãos entrelaçadas!
Gostaria de sentir a brisa,
fria e mansa,
afagar-me o rosto e os cabelos!
E meus olhos te falariam
de todas as coisas que sinto
e que não sei dizer!...

Seria maravilhoso escutar
a música de nossos passos
cantando na areia!
E o som de nossos corações
batendo, emocionados,
porque estaríamos juntos!...

Que vontade de abrir os braços
no alto do morro
e acolher, dentro de mim,
todo o infinito!
Depois, correria ao teu encontro
e depositaria a teus pés
todas as ternuras
que recolhera do universo!...

E o vento alegre nos afagaria,
cantando, só para nós dois,
a sua canção de amor!...

## Desvario

Medo! Tenho medo. De quê?
Não sei.
Está dentro de mim,
sólido, constante...
Medo de tudo:
das horas, dos dias,
do tempo que se estende
e me leva, rápido, sem parar!
Os minutos são longos,
mas as horas passam depressa...

As semanas se arrastam,
enquanto os meses se tornam anos.
Anos que voam
como pássaros assustados
e se escondem nos séculos
que escorrem entre os dedos
do tempo.

do tempo que se éstende
e me leva, rápido, sem parar!
Os minutos são longos,
mas as horas passam depressa...
As semanas se arrastam,
enquanto os meses se tornam anos
Anos que voam
como pássaros assustados
e se escondem nos séculos
que escorrem entre os dedos
do tempo.

Tempo que passa,
Vida que se esvái,
É o começo e é o fim.
Nada mais...

Marizette.

B.H. 30/06/2017

Tempo que passa,
vida que se esvai.
É o começo e é o fim.
Nada mais...

BH, 30/6/2017

## Ato de fé

Por que viver de olhos baixos,
pregados no chão imundo,
se o céu é tão azul?!

Por que deixar que a morte se apresente
com seu manto negro e frio,
se há tanta vida em tudo?!

Se a humanidade é má e sórdida,
se é mesquinho seu procedimento,
a natureza é pura e virgem de pecados.

Os pássaros cantam alegremente
voando no espaço infindo;
as borboletas, livres de preconceitos,
amam-se nas corolas perfumadas
das flores coloridas dos jardins.

Por que ficarmos presos dentro de nós mesmos,
amarrados ao solo, qual fantoches,
derrotados pela iniquidade,
se a vitória vem do alto, do céu límpido,
e é tão fácil erguer a cabeça?

Enquanto houver um pedaço de céu azul,
haverá esperança, haverá fé
de que o mundo ainda será melhor,
cheio de paz, harmonia e amor!.

## Realidade

Viver a vida
é sentir que se vive.
Para sentir a vida,
carece querer viver,
e, para isso, é preciso sonhar.

Para poder sonhar,
é mister que exista
algo a conquistar e usufruir,
com alegria e felicidade.
É a realização dos sonhos!

Sim, viver é sonhar;
só se vive a plenitude da vida
quando os sonhos
se tornam realidade!

BH, 28/11/2014

## Ser ou não ser...

Que desânimo, meu Deus, que apatia!...
Desejaria desvanecer-me qual fumaça
sob o açoite do vento;
desfazer-me em nada,
como o pó das estradas;
transformar-me em névoa transparente
que ninguém consegue pegar!

Talvez, quem sabe,
ser como a água fria do regato
que canta e rola sob as pedras
sem cessar!
Ser como a brisa suave da manhã
que leve passa e acaricia a todos
sem retornar!
Ser como o sonho puro da criança
que adormecida sorri
sem despertar!

Ser qualquer coisa, meu Deus,
ou não ser nada,
pois nada ser
é melhor do que ser eu...

22/5/1969

## Dias inúteis

Longos dias inúteis...
Manhãs de sol,
tardes cheias de brisa,
noites tranquilas, estreladas,
atiradas fora, desperdiçadas,
sem proveito, sem valor...
Pássaros cantando para o nada,
música se espalhando no espaço vazio!

Tanta necessidade de um minuto,
e as horas desdobram-se
em dias e noites inúteis –
pobre perdulário que joga fora,
inconsequentemente,
as poucas moedas que ganhou
e continua a implorar nas calçadas,
pelo amor de Deus,
a esmola de um minuto de amor!...

4/1/1970

## Chuva fina

A chuva fina
desce do morro
molhando o asfalto da cidade;
as nuvens brancas
descem do céu
encobrindo as casas do morro!

O vento frio
envolve a gente
que anda só, sem agasalho;
vem a tristeza,
devagarinho,
tomando conta dos corações...

Estou sozinha,
desprotegida,
exposta ao frio da solidão;
o pranto triste,
qual chuva fina,
desce dos olhos, molhando a alma!...

12/1/1970

são horas vázias
que vão sem destino
em busca do nada.

É a vida que passa
tão mansa, às vêzes,
ou densa demais.
Quando menos se espe
os anos passaram
com dias ligeiros
e minutos bem longo
tão cheios de nada,
vazios e repletos
de sonhos desfeitos
e uma só realidade
— Solidão...

Marietta

## Longa noite

Esta noite deveria ser
a noite dos sonhos reais...
No entanto, transformou-se
na mais longa noite de insônia...
O corpo sem alma não sente;
as mãos vazias, inertes;
os olhos abertos, parados,
sem vida, sem luz,
cheios de pranto e dor!...

No meio das gentes, estou só!
As palavras chegam a mim
como gritos de revolta;
as luzes acesas não iluminam
a escuridão que me envolve.
Vivo, e estou morta;
sou apenas um fantoche,
um triste fantasma de mim mesma!

Desespero,
pois esta noite deveria ser
a noite dos sonhos reais!...

16/1/1970

## Menina de olhos verdes

Menina de olhos arregalados,
grandes olhos verdes,
procurando na multidão vazia
o amado de seu coração!
Esperança no dia de amanhã,
que há de trazer aquele
que existe em algum lugar;
certeza que suas mãos, um dia,
se guardarão em outras mãos
e que seus olhos claros, espantados,
se refletirão em outros olhos,
que a fitarão com encantamento!

Silêncio... Anos passando insensíveis,
desenrolando meses após meses
os longos dias de inútil espera.
Horas de angústia, de sofrer intenso,
marcaram de dor aquele olhar criança,
velando em pranto o brilho da pureza.
Da menina restaram, tão somente,
os grandes olhos verdes, já cansados
da vã procura do inatingível!...

A desilusão abraçou-se à amargura...
Viver era morrer a cada instante.
E, então, tu surgiste...
Por que não pude encontrar-te antes,
quando, livres, nossas vidas começavam,
e tínhamos a alma plena de sonhares?
Tu foste sempre aquele que eu buscava,
mas, quando te achei, já te perdera,
por não saber buscar-te onde tu estavas...

19/3/1970

## Por quê?

Tu que sabes todas as coisas
poderias me dizer
por que é que quando estás comigo
tudo é belo e alegre,
colorido, cheio de vida?

Por que as coisas mais banais,
insignificantes,
tomam dimensões
indescritíveis?
Por que os acontecimentos sociais,
mas relevantes,
se transformam
em ninharias?

Tu que sabes todas as coisas
poderias me dizer
por que é que quando estás longe
tudo fica triste,
o dia cinzento,
o mundo vazio?

Por que as horas se alongam
intermináveis,
e o dia passa
lentamente?
Por que todos os que me rodeiam
enervam-me
e fazem-me desejar
estar contigo?

Responde, por favor,
será que isso
é amor?...

## Arco-íris

Tarde tranquila; o céu cinzento
reflete a luz pálida do sol
após a chuva refrescante!
Como um sinal divino,
o arco-íris risca o espaço plúmbeo,
marcando com seu colorido
o dia que desaparece!
Depois, multiplica-se, numa dádiva
para os olhos encantados dos que sentem!

Chego à janela, bem ao centro do arco;
o espírito enlevado quer alçar voo
e atingir o infinito!
Transporto-me às alturas
e, segurando as linhas coloridas,
balanço-me entre o céu e a terra
– pés tocando nuvens,
cabeça coroada de luzes;
criança sonhadora, brincando de "faz de conta"!

Arco-íris! Sinal da paz e do amor,
a lembrança de Deus para os homens insensíveis
que não se empolgam
com a sua beleza indescritível.

Torna-se rubro todo o espaço:
agora o arco é cor de sangue.
Chora a natureza a pequenez do mundo!
E as lágrimas, transformadas
em gotas transparentes de chuva,
de novo molham a terra!

Tudo se entristece; é noite e chove.
Mas, dentro de meus olhos deslumbrados,
permanece gravada, indelevelmente,
a luz fugidia do arco-íris.

23/4/1971

## Cantiga de chuva

A chuva caindo,
lavando a vidraça,
fazendo barulho,
querendo entrar;
escorre dos vidros,
em gotas compridas,
em que descem ligeiras
em busca do chão.

O som dessa chuva,
batendo no vidro,
me lembra outros dias,
chuvosos também!
Quão forte caía,
em cima do carro,
tocando e dançando
o seu festival!

O dia cinzento,
coberto de bruma,
transforma em presente,
o que já passou.

Mas há diferença:
é que antes eu ria
contigo e cantava
e hoje estou só!

Desejo que a chuva,
caindo bem forte,
desperte teu sonho,
te faça lembrar...
Que venhas depressa,
os braços abertos,
os olhos brilhantes
falando de amor!

E juntos veremos
a chuva cantante,
a água escorrendo
dos vidros pro chão.
As mãos enlaçadas
dirão em silêncio
que há apenas no mundo
a chuva e nós dois...

23/3/1972

## Chuva miúda...

A tarde cobriu-se de cinza,
trazendo o frio;
as nuvens soltaram a espessa cabeleira
de fios compridos e finos
transformada em chuva miúda.
As gotas batem nas folhas verdes
e escorrem no chão escuro,
lentamente, silenciosamente!

Na melancolia da tarde
as andorinhas irrequietas
são pedaços de alegria
voando pelos céus.
Qual pequenas tesouras
manejadas por mãos invisíveis,
as leves asas vão cortando
os compridos cabelos das nuvens,
finos e frios...

Chuva... chuva fina...
chuva... monótona, fria...
Escurece!
As tesouras cerram suas asas
e se escondem para dormir,
enquanto a chuva continua
chovendo... chovendo... sem parar...

6/4/1972

## Solidão

Aqui, dentro dessas paredes,
estou só.
Mesas vazias, cadeiras vazias,
telefone mudo...
Olhos enxutos, opacos, alheios,
boca sem risos.
Coração marcando, sem compasso,
horas inúteis...

Entanto, lá fora, há vibração de vida:
nas ruas cheias, carros e pessoas
enchem o silêncio de tumultos –
– gritos do progresso.

Há sol escorrendo luz e calor
pelos telhados;
nuvens coloridas brincando de esconder
no azul do céu.

Sei que nas montanhas, distantes,
há borboletas,
pássaros e flores e água cantando
nas pedras lisas!
E a brisa fresca e perfumada
balança as hastes dos capins
de estrelas brancas...

Mas aqui, dentro dessas paredes,
estou só.

E nem posso gritar a minha solidão!...

14/5/1974

## Poema ao sol para minha filha

Sol, astro rei de extrema majestade,
do poder, glorioso símbolo.
Sol, centro radioso do nosso universo!
Displicente, soberbo, tua luz irradias
desde outros tempos
quando os povos te adoravam;
mais do que rei, tu eras soberano deus!

Gosto de ti, não por tua grandiosidade,
mas pelas incontáveis maravilhas
que me fazem ver por toda parte.
Gosto de ver-te pálido, medroso,
beijando as águas cantantes do riacho
ou afagando as rugas das montanhas,
quando, tímido, surges no horizonte!

Gosto de ver teus raios se espalhando
pelos telhados das casas da cidade,
e quando aqueces as trêmulas mãos frias
dos velhos que meditam às janelas!

Gosto de ver-te no espelho das lagoas,
nas asas dos colibris furta-cores,
nas hastes dos capins, nas corolas das flores,
no canto alegre dos jovens,
no riso das crianças!

Gosto de sentir, à tarde, a nostalgia
que tudo envolve, quando te despedes.
As flores se fecham,
os pássaros se recolhem
para aguardar
um novo amanhecer.

Já foste deus e, hoje, ainda és rei,
dominando os mundos que te cercam,
atraídos por tua força,
por tua luz, teu calor.
Mas eu me quedo terna, emocionada,
quando vejo tua imagem refletida
no brilho azul
dos olhos de minha filha!...

1976

## Doze de junho

Neste Dia dos Namorados
eu queria te dizer,
bem baixinho,
com carinho,
que te amo
com ternura,
como te amei
e te amarei
desde sempre
até morrer...

Se as palavras são vazias,
são sem brilho, sem calor,
o que sinto
– vê, não minto –
é tão grande,
que não cabe
no universo
do meu verso
que só fala
de amor...

Tantos anos são passados,
ninguém vai acreditar,
cada dia
que eu vivia
mais te amava...
E ainda hoje
eu te quero,
te venero,
só vivendo
por te amar.

Palavras, são só palavras,
mas elas podem dizer
a todo momento
do sentimento
guardado na alma.
Por isso aqui escrevo:
– Te adoro, te amo,
por ti clamo,
hoje, amanhã,
enquanto viver...

6/1993

## Dia feliz

Hoje é uma data especial
que marca um fato importante:
— foi quando você nasceu
e me transformou na vovó
que abraça o primeiro netinho.

Mas o tempo não parou,
nove anos são passados...
Com saudades fico lembrando
daquele pequeno risonho
que vinha com os braços abertos
abraçar sua vovó...

Minha bênção, meu carinho,
para esse garotinho
que embora tenha crescido
continua ainda correndo
para abraçar a vovó.

*Para você Bernardo, com muito amor.*
*Parabéns.*
30/03/2003

## Renúncia do presidente

Getúlio Vargas renunciou
ao governo do Brasil,
deste Brasil que o acolheu
sob um céu cor de anil.
Getúlio Vargas nos deixou,
mas não foi por gosto seu.

Foi pela madrugada
que no Palácio entraram
por ordens de um general.
E no comando marcharam
um major de brigada
e o Dutra, seu rival.

"Renuncio para que
este sangue brasileiro
por minha causa não corra".
É um nobre cavaleiro,
Por aí pode-se ver.
Que seu nome jamais morra.

“Foi pra mim antecipado
por dois meses meu repouso”,
disse o chefe da nação
ao despedir-se. (Eu não ouso
dizer tudo do passado
que me fere o coração...)

Pra São Borja ele partiu,
em avião especial,
deixando por presidente
o juiz de um Tribunal.
Parece que no Brasil
não há outro competente.

Foi a trinta de outubro
que tal fato se deu
nesta pátria varonil.
Mas tudo isso aconteceu
sem correr o sangue rubro,
pois Getúlio não permitiu!...

B. Hte, 31/10/1945

## Amargosto

Agosto
sem gosto,
desgosto
sem rosto,
"amargosto"
de fel.

É o mês
dos ipês
outra vez.
Mal que fez,
talvez,
sem fim.

Vivendo,
aprendendo,
sofrendo,
morrendo,
doendo,
cruel.

Essa dor,
de amor,
é qual flor
incolor,
de langor
pra mim.

Agosto,
desgosto;
os ipês
outra vez;
vivendo,
morrendo,
na dor
do amor
que se vai
sem ai,
sem adeus...
Meu Deus!
É o fim
pra mim...

16/8/2003

## Fim de ano

O Natal passou,
o Ano-Novo chegou,
e eu aqui estou
alheia, encolhida,
sem rumo, perdida
fingindo que é vida

a hora que passa,
vazia, sem graça,
desfeita em fumaça
que flutua no ar,
se esvai devagar
fazendo chorar.

Ano-Novo é querer
parar de sofrer,
outros sonhos tecer
com os suaves matizes
dos dias felizes
que deixaram raízes

na alma da gente;
é o passado, presente,
o futuro atraente
que jamais eu terei,
pois aquele que amei
nunca mais o verei...

30/12/2003

## Eu e o mar

Do alto da minha pequenez
contemplo o mar.
Paro e me extasio...
Quero encher meus olhos
da beleza dessas águas;
preencher meus ouvidos
desse rumor incessante
que ecoa como um cantochão...
Saturar meu olfato
dos odores da maresia;
sentir, na boca, o sabor do sal...

Sou apenas um ponto
minúsculo
enfeitando a grandeza
do reino de Iemanjá!...

Salve, Rainha do Mar!
Abre teus braços e abençoa
todos os teus filhos;
abre os caminhos que levam
à paz, ao amor,
e que todas as horas deste ano
sejam de alegria!...

Cabo Frio, 1º/1/2005

## Isolamento

Burburinho de vozes,
sussurro do vento,
murmúrio do mar.
Praia... areia quente.
Conversas, risos, gritos,
comidas, bebidas, sorvetes...

Gaivotas rodeando os barcos
como pequenos anjos
de asas brancas,
flutuando entre o céu azul
e o verde-azul das ondas.

Crianças brincam alegres,
fazendo castelos na areia
que duram a eternidade
da próxima maré.

Multidão na praia, no mar.
E eu só,
olhando e sentindo
a crueldade desse vazio
imensurável!

Céu, mar,
vento, areia.
vozes,
silêncio,
solidão...
Isolamento.

Cabo Frio, 3/1/2005

## Lamento

### canção

Amar é uma quimera,
é pura ilusão.
O amor da primavera
se acaba no verão.

Se é sonho ou realidade,
não há como explicar,
se o amor é, na verdade,
o melhor jeito de sonhar...

(Voltar ao início 2x)

Se é sonho ou realidade,
quem no mundo há de dizer?
Se o amor é, na verdade,
um doce modo de sofrer...

Amor é uma quimera,
é pura ilusão...

## Vamos brincar

### para cantar

A vida é uma brincadeira
feita de magia.
Vamos sonhar...
A infância é fase passageira,
cheia de alegria.
Vamos brincar...

E brinca:
pique, esconde-esconde,
de cabo de guerra,
de correr, saltar.
E pula-corda, amarelinha,
brinca de casinha,
vamos brincar.

## Visão do futuro

E seremos um casal de pombos
dourados de sol
cortando o límpido azul do céu
sem nuvens...
Os dias se sucederão,
tranquilos,
porque estaremos juntos,
sem algemas, sem barreiras,
livres, enfim!...

O mundo será nosso,
e o faremos maravilhoso,
espalhando em torno de nós
a alegria, a ternura.
Pela sublime redenção do amor
subiremos bem alto,
transfigurados de fé,
plenos de esperança
nos dias que virão.

E seremos um casal de pombos
dourados de sol
voando juntos sob o céu azul
sem nuvens...

8/6/1972

através de estradas e montanhas,
dentro da noite sonhadora,
em busca do nosso refúgio.

O portão aberto é um convite amigo
à tranquilidade.
No aconchêgo místico
dos cômodos humildes
existe a grandiosidade
dos palácios encantados!
Trazemos nos olhos reflexos
dos encantos de Tropicália
e transborda nossa alma
na sublimação do amor!

Ternura, emoção, êxtase...
Desmaterializo-me.

de mãos dadas, olhar fixo na imensa
porta que se ergue além!
Por todos os lados, flôres luminosas
agitadas por mãos felizes
que se alegram conosco
porque estamos juntos.
... A porta se abrirá para nós
e viveremos, enfim, a nossa vida!

Sonho, ou visão da realidade que virá!
Não importa; neste instante sei apenas
que hoje viajamos léguas
para buscar a paz do nosso ninho!

Marizete

2-11-70

## Falação

Vou-me embora deste mundo,
já não fico mais aqui;
deste mar cheguei ao fundo,
em meandros me perdi.

Eletrônicos somente
pra qualquer lado que olhar.
É demais pra minha mente,
nem sei mesmo o que mirar.

Mas há tantos que se gabam
disso tudo conhecer;
nas conversas, não se falam,
é digitar e responder.

Enquanto a tela estão lendo,
os dedos correm o teclado;
vão depressa escrevendo
e deixando o seu recado.

Pra que voz? Pra que falar,
se o computador já diz tudo?
O mundo vai se calar
e o homem vai nascer mudo!...

B. Hte, 23/4/2005

## Dia das Mães

Ser mãe é sonho que um dia
pra mim se fez realidade.
Nos filhos eu resumia
toda minha felicidade.

Sei que não é ilusão
esta alegria que existe
dentro do meu coração,
que há tantos anos persiste.

Porém, maior, podes crer,
que me encanta e maravilha,
é a ventura de dizer:
"Feliz dia das mães, minha filha."

*Para você, filha minha, com todo o meu carinho,*
Marizette

B. Hte, 13/5/2013

## Meu filho

Filho meu, querido, amado
do fundo do coração.
É um lindo desejo sonhado
que se fez realização.

O prêmio que a vida me deu
– talvez pouco merecido –
foi desde que você nasceu
e até hoje estar comigo.

Sua atenção cuidadosa,
seu abraço, seu carinho,
me tornaram a mãe radiosa
que afaga o primeiro filhinho.

Que Deus o abençoe e proteja
em todos os dias da vida
é o que sua mãe hoje almeja –
e sei que vou ser atendida.

*Parabéns e que você realize seus sonhos!...*

Mamãe

B. Hte, 8/10/2014

## Tuas mãos

Mãos que inspiram amor e ternura,
Que me fazem acordada sonhar.
Quero-as muito, com ânsia e loucura,
São a causa de meu suspirar.

Mãos que falam de amor e poesia,
De carícias divinas, sem fim.
Eu quisera apertá-las, um dia,
Contra o peito e deixá-las assim.

Mãos de artistas que excitam desejos
De carinhos, de afagos, calor...
Se eu pudesse cobria-as de beijos,
Relevando, a ti, meu amor.

Alvas mãos que têm força expressiva,
Que me fazem vibrar de emoção.
Só em vê-las minh'alma se esquiva,
Abre as asas ao sol da ilusão.

Mãos macias por cujo carinho
Sonho, espero, com louco ansiar...
Oh! Por que não és tu adivinho
Que pressinta o que estou a calar?...

Mãos que fazem ferver-me nas veias
Todo o sangue, no ardor da paixão.
São teus dedos as suaves cadeias
Que prenderam o meu coração.

Mãos que lembram os campos floridos,
Orvalhados à luz do luar.
São quais dardos de alegres Cupidos
Que procuram meu peito flechar.

Mãos que tecem num sonho dourado
Fantasia de raro esplendor:
No futuro, eu e tu, meu amado,
A gozar mil delícias de amor!...

B. Hte, 30/12/2011

## Mãe

Só existe no mundo um alguém que nos ama,
Que sempre procura nos dar alegria;
Porém esse alguém que minh'alma reclama
Deixou-me na terra a chorar noite e dia...

Querida Mãezinha, não posso mais ver-te,
Pois foste com a morte pros campos do além.
Que mal te fiz eu pra tão cedo perder-te?
Agora estou só, Mãe, não tenho ninguém...

Mãezinha, o teu nome eu digo chorando!
Não cesso um momento e, enquanto o profiro,
É a prece dorida dos lábios rolando
Que aos céus vai subindo em cruciante suspiro...

Mamãe, por que foste tão cedo embora?
Tu sabes que sempre te quis muito bem.
Atende ao pedido da filha que implora:
"Querida Mãezinha, me leva também..."

B. Hte., 3/3/1949

## Ontem e hoje

Ontem me chamavas "menina", e eu, sorrindo,
Percorria contigo estradas, campos e cidades:
Cabelos soltos ao vento, as mãos cheias de flores...
Os olhos deslumbrados perdidos nos teus olhos!...

Ontem, chamavas-me "deusa", e eu, vaidosa,
Sentia-me colocada em pedestal de ouro:
Contigo sonhava sob a noite, emocionada,
Vendo, em teu olhar, amor e adoração!...

Cantei amores nas tardes cheias de sol,
Nas noites estreladas, sonhei venturas...
Mas, se ontem me chamavas "menina" e "deusa",
Hoje me fizeste, apenas, uma mulher!...

21/10/1967

## Trovas

O amor é, de tudo, o motivo
de dançar, quem não há de gostar?
Mas será muito mais emotivo
nós podermos dançar e amar...

A dançar nos estamos amando,
os teus olhos nos meus refletindo;
nossas bocas, de amor, só falando,
nossos lábios pra vida sorrindo...

É tão bela esta vida se amamos
um alguém que nos quer com ardor!
E, mais linda, se enquanto dançamos
nosso amado nos fala de amor!...

E estando contigo a dançar,
em meu peito é tão grande a emoção,
que não sei se te ouço falar
ou te escuto bater, coração.

10/11/1949

estávamos juntos, mas tão sep

As palavras ficaram mudas,
o olhar inexpressivo,
as mãos inúteis...

Depois, a noite.
esperança de encontro
pé se desfez...
Caminhei, sòzinha,
sob as estrêlas sem brilho,
sob a lua pálida e triste...

E as horas se transformavam
em dias enormes
e suas garras imensas
apertavam-se em meu coração
deixando-me vazia
de sonhos e esperanças...

omo são tristes e longas as ho
uando não estás

## Que será?

Menina ou boneca?
Confesso, hesitei:
– Se chora, é menina;
se cala, não sei...

Eu creio: – É menina,
tranquila a dormir.
A boca mimosa
parece sorrir.

Mas, certo: – É boneca
de louça ou marfim,
de face rosada
como um querubim.

Boneca ou menina?
Decido, afinal:
– Menina ou boneca,
não tem outra igual!

Já sei: – É menina,
boneca também.
É minha netinha
que eu quero tão bem!...

*Para comemorar o seu primeiro mês de vida entre nós.*
*Parabéns, Gabriela.*

2/8/2003

## Olhos verdes

Embora sendo a cor verde a esperança,
Teus belos olhos têm algo que maltrata.
É esse olhar, que é tão meigo, de criança,
Que a minha alma de amor sempre arrebata...

Esses teus olhos me atraem, me fascinam,
Inebriando de amor meu coração;
Mesmo sabendo que a mim não se destinam
Os teus olhares repletos de ilusão...

São os teus olhos de um verde transparente,
Não igualados nem com as ondas do mar.
E neles vive a bailar, constantemente,
Um brilho estranho, difícil de explicar...

Sempre em teus olhos estou a meditar,
Nas longas horas de fria solidão,
Tentando, assim, um pouquinho mitigar
A dor que sinto por tua ingratidão.

## Despedindo!

Eu vou partir. E enquanto aguardo a hora
De te dizer adeus com voz tremida,
Meus olhos cerro e a mente rememora
Fatos e sonhos, coisas de minha vida:

De novo surges rindo, como outrora,
E novamente sou por ti vencida.
Meus lábios fremem aos beijos teus de agora,
Ouço outra vez tua voz que é tão querida.

Reabro os olhos... Tudo está deserto,
Porque estou só e, quando não estás perto,
O mundo perde o encanto e a atração...

Eu vou partir; não só, pois vou levando
Esta saudade enorme e vou deixando,
Bem junto ao teu, meu pobre coração...

## retiro

Ainda uma vez mais, a estrada:
fita escura desdobrando-se
em curvas fascinantes
entre montanhas e campos!
O sol brilhando intensamente,
no céu azul e branco!

Casas acolhedoras espiando
entre as folhagens dos arbustos,
parecem casas de bonecas,
alegres e amigas.
E o campo ao redor
como um tapete verde
salpicado de flôres amarelas!

As montanhas perdendo-se
na distância azulada...
As pedras enormes se unem
formando cadeias e montes,
desenhando arabescos
na paisagem irreal!

Entre o céu, lá no alto,
e o chão de pedras, lá em baixo,
nós dois, imobilizados
na grandeza do espetáculo!
Somos pequenos seres
na imensidade do espaço!...

Marizetti

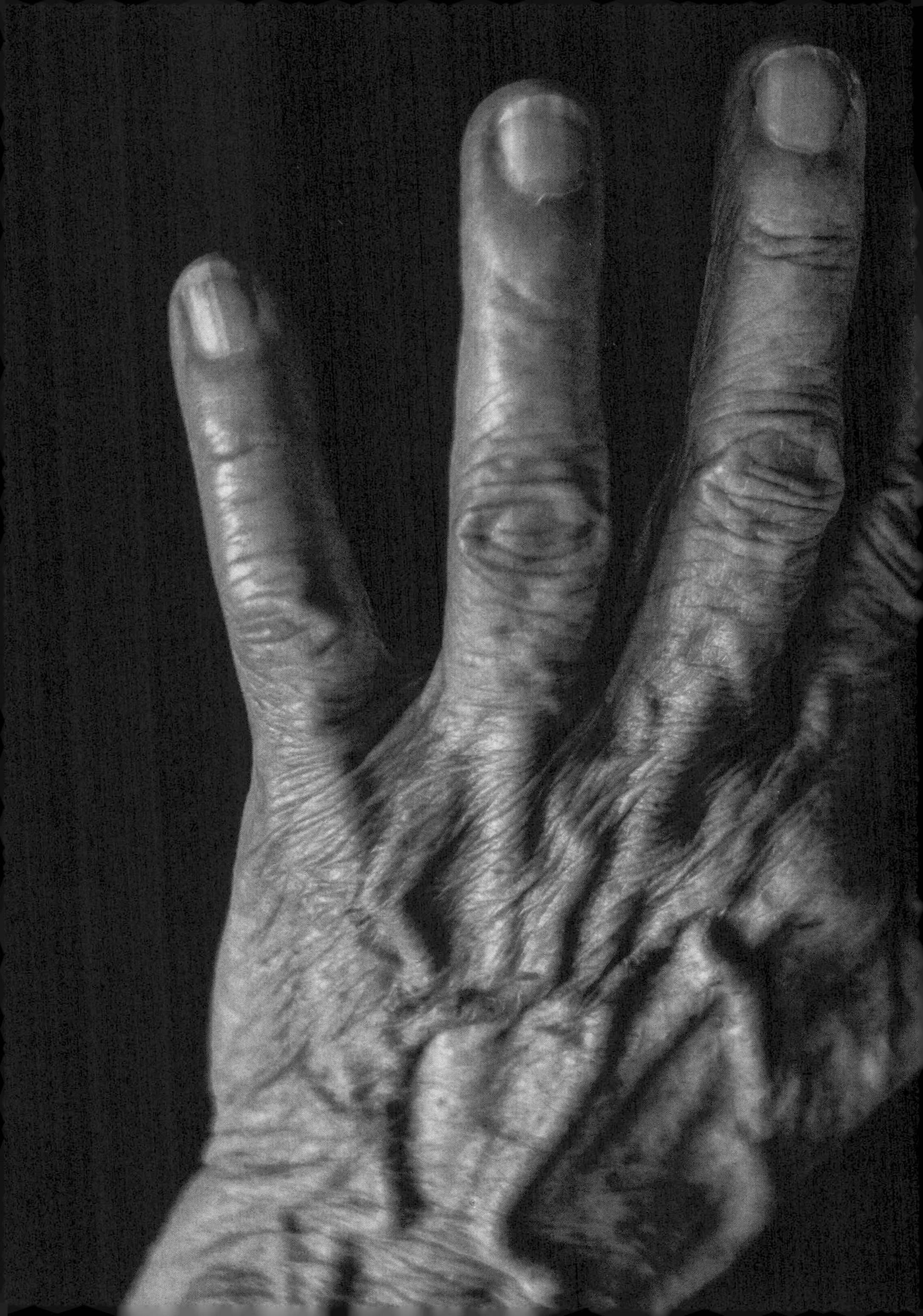

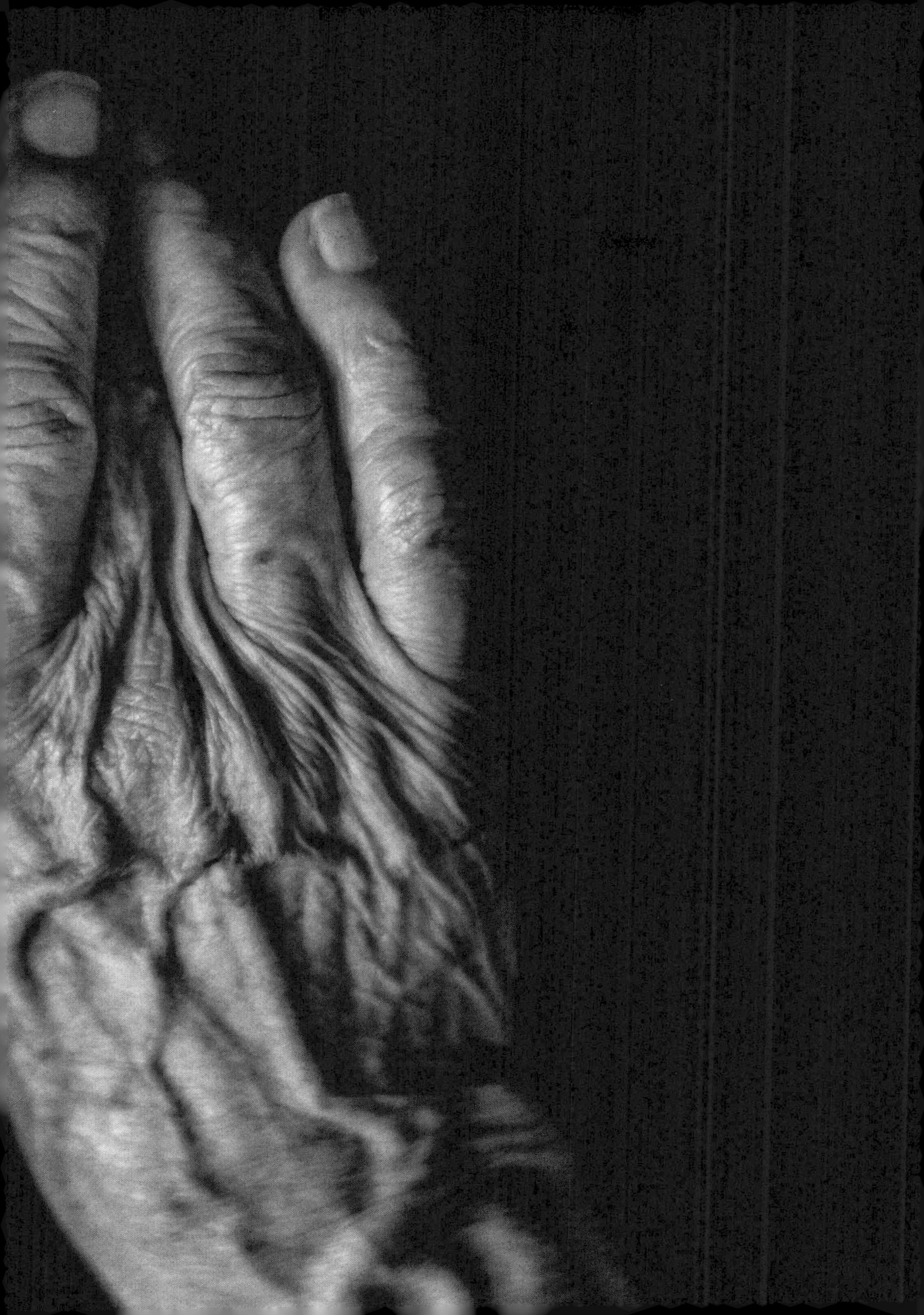

Esse livro foi composto em Georgia
e impresso sobre papel Pólen Bold 70g/m²
para a Quixote+Do Editoras Associadas.

MISTO
Papel proveniente de
fontes responsáveis
FSC® C092828
FSC
www.fsc.org

PRINTED WITH
SOY INK®